Princesse Zélina

La cité oubliée

Bruno Muscat

Tout petit, il adorait se déguiser en chevalier et sauver les princesses avec son épée en plastique. Trente ans plus tard, Bruno Muscat est journaliste à *Astrapi*. Raconter des histoires est devenu son métier, et les châteaux forts le font toujours autant rêver.

Édith

travaille avec de nombreux éditeurs jeunesse, pour lesquels elle a illustré des albums et des romans. Elle est également auteur de bandes dessinées, notamment *Basile et Victoria*, qui a reçu le prestigieux prix Alph-Art.

Philippe Sternis

est surtout connu pour ses bandes dessinées : il a publié ses premières planches en 1974 dans le journal *Record*, avant de créer d'autres séries pour Bayard Presse. En 2000, il a publié *Pyrénée*, chez Vents d'Ouest, qui a reçu de nombreux prix, dont celui du festival de Creil.

BRUNO MUSCAT • ÉDITH • PHILIPPE STERNIS

Princesse Zélina

La cité oubliée

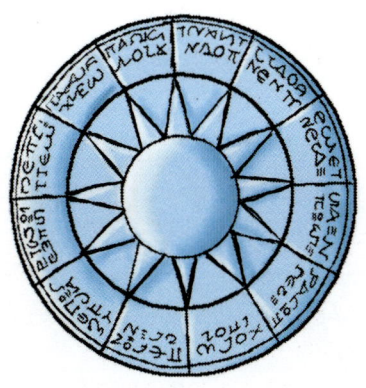

bayard poche

Prologue

Un jour, la princesse Zélina montera sur le trône de Noordévie et devra conduire son peuple… En attendant ce jour, elle préfère se consacrer aux plaisirs de son âge et à son amoureux, le beau prince Malik de Loftburg ! Quoi de plus normal ?

Hélas, l'insouciante jeune fille n'a pas conscience des menaces qui pèsent sur elle. Dans l'ombre, sa terrible belle-mère complote pour l'écarter du pouvoir au profit de son fils Marcel. Secondée par le démon Belzékor, la reine Mandragone est prête à tout…

1
Une civilisation inconnue

Le roi Igor leva le large disque de cristal devant ses yeux pour le contempler.

– Quelle merveille, professeur Zaragut ! s'extasia-t-il. Et vous dites qu'il était au fond de la rivière Makanda ?

Le vieux savant acquiesça. Il expliqua comment il avait trouvé le magnifique objet tandis qu'il étudiait les roches des Montagnes Noires. Il venait de faire la découverte de sa vie…

La cité oubliée

– Sire, admirez les gravures du cristal. Et là, remarquez ces motifs : c'est certainement une forme d'écriture…

Zaragut marqua une pause, puis reprit :

– Le plus extraordinaire, c'est que ce disque est certainement très ancien. Pour être précis, je pense qu'il date d'avant la dernière glaciation, lorsque les Montagnes Noires étaient encore couvertes de forêts tropicales !

La princesse Zélina jeta un regard stupéfait à son cher Malik, l'élève préféré du grand savant. Ne lui avait-il pas raconté qu'à cette époque, les

premiers habitants de Noordévie vivaient encore dans des grottes et s'habillaient avec des peaux de bêtes ? Ces gens-là savaient-ils écrire ?

Le professeur, ravi de l'effet produit par sa révélation, poursuivit :

– Après l'avoir attentivement observé, j'ai de bonnes raisons de croire que ce disque est le témoin d'une civilisation très avancée qui aurait jadis peuplé cette région. Nous sommes peut-être à l'aube de trouvailles plus exceptionnelles encore !

Le professeur posa respectueusement un genou à terre devant son souverain :

– Majesté, m'autorisez-vous à organiser une expédition avec le prince Malik dans les Montagnes Noires, afin d'y rechercher des traces de cette civilisation inconnue ?

Igor ne fut pas difficile à convaincre. Il aurait d'ailleurs bien participé lui-même à cette aventure, mais il savait, hélas, qu'il était trop vieux pour crapahuter dans les montagnes. Aussi proposa-t-il que sa fille parte pour le représenter.

La cité oubliée

Le mois qui suivit fut consacré à la préparation de l'expédition, dont le camp de base fut installé à Baghora, la capitale de la province du Nord. Le professeur y fit livrer des cartes, du matériel scientifique ainsi que des mules. Malik réunit des provisions suffisantes pour plusieurs semaines. Zélina, rejointe par sa marraine la fée Rosette, rassembla le matériel destiné au campement. La jeune fille fit réaliser deux tentes solides et simples à monter, trois lits de camp légers, elle acheta des lanternes et tout le nécessaire pour cuisiner. Elle se

Une civilisation inconnue

fit aussi confectionner deux confortables tenues de randonnée et une paire de chaussures adaptées aux sentiers montagnards.

Enfin, le grand jour arriva ! Le roi était à Baghora depuis la veille, en compagnie de la reine Mandragone et de son inquiétant conseiller, Belzékor, qu'elle s'appliqua dès son arrivée à imposer à l'expédition.

– Vous devriez emmener monsieur Belzékor avec vous. Il est né dans ces montagnes et en connaît tous les dangers, avait-elle assuré au professeur. Son aide vous sera précieuse…

La princesse avait tenté de s'opposer à sa belle-mère, en vain : Mandragone savait se montrer convaincante, et le professeur avait finalement dû s'incliner. Le démon, lui non plus, ne se réjouissait pas de se joindre à cette équipée. D'abord, contrairement à ce qu'affirmait sa maîtresse, il n'appréciait pas particulièrement la montagne ; ensuite, il détestait marcher et faire de l'exercice en général. Mais il n'avait pas eu le choix.

La cité oubliée

Au moment du départ, Igor, ému, passa autour du cou de sa fille un pendentif orné d'une rose des vents, gravé aux armes de la Maison Royale de Noordévie.

– Ce bijou était le porte-bonheur de ta mère, chuchota le roi. Puisse-t-il te porter chance !

– Ne t'en fais pas, père chéri…

Zélina désigna ses compagnons, un sourire radieux aux lèvres :

– Avec une telle escorte, que pourrait-il m'arriver ?

2
Les tourbillons
de la rivière Makanda

Les premiers jours furent une vraie promenade de santé. La pente était douce et le sentier qui suivait la rivière Makanda peu escarpé. À part Belzékor, tout le monde prenait un grand plaisir à la randonnée. Le professeur Zaragut, très excité, ouvrait la route, suivi de Malik et de Zélina, qui tenaient chacun une mule par la bride. Fermant la marche, le démon ne cessait de maugréer et de s'arrêter pour se masser les pieds. Quant à Rosette,

La cité oubliée

elle virevoltait joyeusement au-dessus de la petite bande. Le soir, au bivouac, filles et garçons montaient chacun leur tente. Après un repas frugal sous les étoiles, ils ne tardaient pas à s'endormir afin de reprendre des forces pour le lendemain.

Bientôt, la marche devint plus difficile. La rivière Makanda, de plus en plus agitée, s'enfonçait maintenant dans un ravin tapissé d'une épaisse forêt de sapins. Au détour de l'un de ses coudes, le professeur déclara, triomphant :

Les tourbillons de la rivière Makanda

– C'est ici que j'ai trouvé le disque. Je crois bien que personne ne s'est jamais aventuré plus loin dans les Montagnes Noires ! Mais nous, nous allons continuer à suivre le lit de la rivière…

La princesse fit la moue. Depuis le matin, ses pieds couverts d'ampoules avaient du mal à la porter. Malgré tout, elle serrait les dents, se refusant à ralentir l'expédition.

– Sommes-nous encore loin de notre but ? osa-t-elle quand même demander à mi-voix.

La cité oubliée

Zaragut haussa les épaules :

– Mademoiselle, je n'en sais absolument rien ! Entraîné par le courant, le disque a dû descendre la rivière. Qui sait ? Nous allons peut-être devoir remonter jusqu'à sa source pour retrouver des traces de la civilisation qui a taillé ce fabuleux objet...

Découragée, Zélina se laissa tomber sur un rocher. Ses compagnons décidèrent sagement de s'arrêter là pour la nuit.

Le lendemain, la princesse avait repris des couleurs. Grâce aux soins attentifs de Rosette, ses ampoules s'étaient résorbées, comme par magie !

Les aventuriers repartirent d'un pas décidé et ne tardèrent pas à arriver au bord d'un large bassin agité de violents tourbillons. En amont, la rivière se transformait en un torrent escarpé surmonté d'une petite cascade, que la troupe allait devoir escalader pour continuer sa route. Il fut alors décidé d'abandonner ici les mules, dans un

Les tourbillons de la rivière Makanda

pré où elles pourraient attendre le retour de la mission. Après avoir dit adieu à leurs montures, les randonneurs s'assurèrent entre eux avec une longue corde. Malik ouvrait la marche, tandis que Belzékor la fermait.

Le prince s'engagea le premier dans le torrent, suivi par le reste du groupe. Lorsque Belzékor arriva à son tour à mi-chemin de la pente, il tendit son index crochu vers la cascade et psalmodia à mi-voix

La cité oubliée

quelques mots incompréhensibles. Comme si la nature avait entendu ses paroles, un grondement effroyable lui répondit en écho. Au sommet de la chute d'eau, les rochers s'effondrèrent brusquement, libérant une vague monstrueuse. Le démon dénoua alors la corde qui le retenait aux autres et sauta sur le côté pour de se mettre à l'abri. Au même instant, les flots en furie submergèrent le professeur et les siens...

Dans un réflexe désespéré, Zélina s'agrippa au rocher sur lequel se tenait Belzékor. Entraînée par le poids de ses compagnons, la jeune fille implora le démon de lui tendre la main. Mais ce dernier n'esquissa pas le moindre geste pour venir à son secours. Au contraire, un sourire narquois aux lèvres, il lâcha :

– N'y voyez rien de personnel, Votre Altesse... On a exigé que je rentre seul !

Puis Belzékor écrasa les doigts de la princesse avec le bout de son soulier, jusqu'à ce qu'elle lâche prise et soit happée par les terribles tourbillons...

Le démon patienta quelques minutes. Quand il fut certain que personne ne referait surface, il tourna les talons en direction d'Obéron, afin d'annoncer la tragique nouvelle au roi.

3
Au fond du trou

Zélina tenta de se débattre, mais le tourbillon était puissant. Le souffle court, ballottée comme un fétu de paille, elle crut sa dernière heure venue. Puis, soudain, elle sentit qu'elle tombait dans le vide. Il y eut un choc terrible, et ce fut le trou noir.

Quand elle reprit conscience, elle vit le beau visage de Malik penché sur elle. Elle était allongée sur une petite grève de sable fin, au bord d'un vaste lac souterrain.

La cité oubliée

– Dieu soit loué, vous allez bien, ma chérie ! s'exclama le jeune homme.

Avant qu'elle n'ait le temps de poser la question, il ajouta, d'un air grave :

– À l'exception de ce pauvre monsieur Belzékor, nous sommes tous sains et saufs.

– Monsieur Belzékor…, murmura-t-elle.

À l'évocation de ce nom, le souvenir du soulier du conseiller de Mandragone sur ses doigts lui revint aussitôt en mémoire. Elle raconta à ses amis ce qui s'était passé. Les quatre explorateurs se regardèrent, accablés.

– Je comprends mieux pourquoi je flairais si souvent une aura maléfique autour de lui, marmonna Rosette.

Pris d'une soudaine angoisse, le professeur ouvrit son sac et farfouilla fébrilement dedans. Il poussa un soupir de soulagement :

– Nous avons de la chance dans notre malheur : malgré notre chute, le disque de cristal est intact !

Soudain ragaillardi, le vieux savant se releva prestement :

– Mes amis, ne nous laissons pas abattre par l'adversité ! Nous devons trouver un moyen de sortir d'ici !

Zélina et ses compagnons se trouvaient dans une grotte, qu'ils décidèrent de visiter. Au centre de sa voûte jaillissait un torrent, alimentant le lac dans lequel ils étaient tombés. La lumière douce qui irradiait de la cascade éclairait légèrement la cavité, assez pour qu'on puisse en deviner les limites.

La cité oubliée

On chargea Rosette de faire le tour du bassin. Lorsqu'elle revint, la petite fée déclara qu'elle n'avait trouvé aucune issue. Seule une brèche étroite, sans doute creusée par les eaux de ruissellement, paraissait s'enfoncer dans la roche.

– Je crois que nous n'avons pas d'autre choix que de l'explorer, non ? lança Malik.

Il ramassa un morceau de bois sec sur la plage et se confectionna

Au fond du trou

une torche, que Rosette alluma à l'aide de sa baguette magique. En se contorsionnant, le prince se faufila dans la crevasse.

Après quelques minutes, il en ressortit. Il était blême.

– Alors ? le pressèrent les autres.

– Ce passage… Eh bien, ce n'est pas l'eau qui l'a creusé…

Il reprit son souffle avant de conclure :

– Ce sont des hommes !

La cité oubliée

Effectivement, la fissure s'élargissait, pour former bientôt un tunnel, avec des escaliers taillés dans le roc.

Tout excité, Zaragut s'y engagea le premier, suivi par le reste du groupe. Le tunnel débouchait sur une petite terrasse, depuis laquelle Zélina et ses camarades découvrirent une autre grotte à leurs pieds. Elle était immense ! Et, au centre de cette grotte colossale, plongée dans la pénombre, se dressait une cité souterraine parfaitement conservée !

– Incroyable ! s'exclama Zaragut, incrédule. Moi qui, dans mes rêves les plus fous, n'espérais trouver qu'un tas de ruines !

– Vous aviez raison ! lui répondit Malik avec le même enthousiasme. Les Montagnes Noires étaient bien peuplées autrefois !

Alors, Zélina plissa les yeux.

– Autrefois ? chuchota-t-elle à son prince. En êtes-vous si sûr ?

– Que voulez-vous dire, mon amour ?

Au fond du trou

– Nous devrions être prudents : ces ruines ne sont peut-être pas si désertes que ça.

– Mais c'est impossible ! s'écria le professeur.

– Et pourtant…, répliqua Zélina, en pointant le doigt vers la cité. Regardez : il y a de la fumée là-bas !

4
Le peuple des profondeurs

À l'enthousiasme de la découverte succéda une sourde angoisse. Qui pouvait vivre ici, retiré à l'intérieur de la montagne ? Silencieusement, le professeur et les siens reprirent leur marche. Un escalier descendait depuis la terrasse vers la cité, serpentant au milieu de ce qui restait d'une forêt autrefois luxuriante, mais qui avait fané à cause du manque de lumière. D'étranges statues se dressaient çà et là au bord du chemin, telles de menaçantes sentinelles de pierre.

La cité oubliée

– Quels visages effrayants ! frissonna Zélina.

– On dirait ceux de gorilles, commenta Zaragut, en posant son sac contre l'une des statues pour l'admirer de plus près. Qu'en pensez-vous, cher Malik ?

Son jeune disciple n'eut pas le temps de répondre. Une pluie de coups de bâtons s'abattit sur Zélina et sur Rosette. Au même instant, un groupe de créatures agiles et velues, armées de gourdins, fondit sur Malik et sur Zaragut.

– Mais… ce sont des singes ! mugit le professeur, stupéfait.

– En tout cas, ils se bagarrent comme des hommes…, déplora Malik, en tentant de se défendre.

Les singes, trop nombreux et trop agressifs, obligèrent bientôt les deux hommes à battre en retraite. Acculés, le maître et l'élève furent eux aussi capturés. Leurs agresseurs les ligotèrent et les entraînèrent vers la cité, comme leurs infortunées compagnes.

Le peuple des profondeurs

– Offrez les mâles au roi Zor ! gronda l'un des singes, qui dirigeait visiblement la bande. Quant à la femelle, je l'emmène avec moi.

Malik et Zaragut frémirent. Non seulement ces singes semblaient très humains, mais leur langage était parfaitement compréhensible !

La cité oubliée

Quelques heures plus tard, les deux prisonniers furent conduits sans ménagement devant un énorme singe. Ses bajoues imposantes et ses riches vêtements le distinguaient du reste du clan. Les chasseurs lui expliquèrent en vociférant que ces êtres abjects rôdaient autour de la cité, quand, depuis le sommet de la pyramide de Morag, le Grand Prêtre Ghar les avait aperçus. Aidé de quelques vaillants guerriers, ce dernier les avait capturés pour en faire don à Sa Majesté.

Le peuple des profondeurs

Du haut de son trône, le roi Zor détailla Malik et le professeur Zaragut de la tête aux pieds. Terrorisés, les deux hommes n'osèrent rien dire.

– Qu'ils sont laids ! grogna le roi, en détournant la tête avec dédain.

– Il y avait aussi une femelle, ajouta l'un des chasseurs. Mais le seigneur Ghar l'a gardée avec lui.

Malik serra les dents. Zor fronça les sourcils, puis il soupira :

La cité oubliée

– Voyons, Grand Prêtre, que voulez-vous que nous fassions de ces hideuses créatures ? Elles n'ont pas l'air très malignes.

Autour de lui, on proposa de les écorcher sur-le-champ ou de les exhiber dans une cage... Mais le roi Zor était un sage, opposé à la violence. Les humains paraissaient forts : eh bien, ils porteraient dorénavant son palanquin* lorsqu'il se déplacerait en ville ! En attendant, il demanda qu'on les enferme à double tour, en les traitant bien...

Tandis que l'on emmenait les malheureux, l'un des guerriers tendit une forme fluette enroulée dans un mouchoir ensanglanté à une jeune guenon :

– Princesse Kala, la femelle avait ce drôle d'oiseau avec elle. Il a été blessé dans la bagarre, mais je crois qu'il est encore vivant. J'ai pensé que...

Le guerrier ne termina pas sa phrase. Kala écarta les coins du tissu et découvrit Rosette, grelottant de fièvre. La princesse collectionnait

---

* Palanquin : lit porté par des hommes sur lequel se déplace un personnage important.

Le peuple des profondeurs

les oiseaux. Ils étaient pour elle le symbole du temps heureux où les singes vivaient hors de la grotte, dans la grande forêt, une époque qu'elle n'avait pas connue… Parfois, il arrivait qu'un oiseau se perde dans son monde souterrain. Alors, elle le recueillait et le soignait. Mais un aussi beau spécimen que celui-là, elle n'en avait jamais vu ! D'ailleurs, était-ce vraiment un oiseau ? N'était-ce pas plutôt une élégante oiselle ?

– Ne crains rien, ma jolie, tu es entre de bonnes mains.

De retour dans ses appartements, la princesse Kala pansa les plaies de la petite fée et l'enferma dans une cage en or.

5
L'Œil de Morag

Le vent frais réveilla Zélina. Elle avait mal partout. Elle tourna péniblement la tête et aperçut une ville en contrebas. Où se trouvait-elle ? Peu à peu, des bribes de souvenirs lui revinrent : la cité mystérieuse, la grotte, le tourbillon, les dernières paroles de Belzékor sur le rocher : « On a exigé que je rentre seul »…

Tout à coup, ce fut comme si un voile se déchirait devant ses yeux. Qui avait pu « exiger » quelque chose de ce félon ? Il n'y avait qu'une personne, une seule... Mandragone, bien sûr ! Sa propre belle-mère... Peu à peu, la princesse se rappela toutes les épreuves, tous les drames qu'elle avait traversés, et elle comprit. C'était elle, Mandragone, qui complotait derrière son dos avec son abject complice ! Comment avait-elle pu se laisser abuser ainsi ?

Cherchant à se recroqueviller sur elle-même, Zélina s'aperçut avec horreur qu'elle était enchaînée à une énorme statue qui dominait la terrasse où elle gisait. C'était un buste de singe. Elle se traîna jusqu'à lui. Son socle était recouvert de sculptures, dont la finesse tranchait avec l'aspect rude de la tête de basalte. Intriguée, la jeune fille approcha sa main du bas-relief. Sous ses doigts, la dentelle de pierre lui livra son histoire, celle du peuple des singes qui régnait jadis sur les contreforts des Montagnes Noires...

Autrefois existait une forêt luxuriante, où cohabitaient des singes civilisés et des humains primitifs, un monde où les bêtes étaient les maîtres

L'Œil de Morag

et les hommes les esclaves. Intriguée par le récit, Zélina retira fébrilement le lichen qui recouvrait la dalle. Elle découvrit qu'un jour les singes s'affaiblirent, peut-être à la suite d'une épidémie, et que les humains se révoltèrent. La princesse gratta encore, et ses ongles révélèrent la guerre impitoyable que menèrent les hommes. Ce qu'elle vit la terrifia…

Ses yeux se portèrent plus loin. Un groupe de singes avait survécu au massacre. Conduits par l'un des leurs, qui portait à bout de bras une sorte de soleil resplendissant, les fuyards se réfugièrent dans les entrailles de la montagne. Zélina releva la tête : leur mystérieux guide ressemblait trait pour trait à l'énorme statue. Le tableau suivant lui dévoila un monde souterrain et prospère, éclairé par la lumière de l'étrange soleil, enchâssé dans la voûte d'une immense grotte, celle-là même où elle se trouvait.

La prisonnière rampa jusqu'à l'extrémité du socle. Sur l'autre face, les sculptures étaient plus récentes. Le soleil avait disparu ; à présent, les singes se déchiraient entre eux...

– Maintenant que les hommes nous ont retrouvés, qu'allons-nous devenir ? souffla une voix lasse.

La captive eut un mouvement de recul. Une jeune guenon se tenait derrière elle. Vêtue d'une tunique élégante, elle ne manquait pas de grâce, et ses yeux brillaient d'intelligence. Elle tendit une main apaisante vers la princesse :

– N'aie pas peur, humaine, je ne te veux aucun mal.

L'Œil de Morag

Ahurie, Zélina fixa la créature :

– Mais vous… vous parlez notre langue ?

– C'est vous qui parlez la nôtre ! lâcha la demoiselle, vexée. N'oubliez pas que vous étiez nos esclaves !

La guenon raconta alors à Zélina la suite de l'histoire. Le peuple des singes vivait en sécurité, éclairé par son soleil, l'Œil de Morag, jusqu'à ce qu'un tremblement de terre, treize lunes auparavant, ne les prive de sa lumière. Depuis, les ténèbres avaient envahi le royaume et les cœurs.

– Treize lunes ? Un peu plus d'un an... C'est le séisme qui a frappé Obéron l'année dernière !* frémit Zélina à ce douloureux souvenir.

La princesse posa la question qui lui brûlait les lèvres :

– Et mes compagnons, que sont-ils devenus ?

– Vos compagnons ?

La guenon allait répondre quand une autre voix résonna sur la terrasse :

– Princesse Kala, que faites-vous ici ?

– Je... je voulais voir l'humaine, il n'y a rien de mal à cela, seigneur Ghar.

Ghar arborait une mine menaçante. À sa tenue, Zélina comprit qu'il était prêtre.

– Cette humaine appartient au dieu Morag ! rabroua-t-il la princesse Kala. Je ne voudrais pas que vous vous laissiez attendrir : je vous connais, vous pourriez faire pression sur votre père pour épargner cette... cette créature, et ça, je ne vous le permettrai pas !

* Lire le tome 9 de la collection « Princesse Zélina » : *Panique à Obéron*.

L'Œil de Morag

Ces mots révoltèrent la princesse Kala.

– Parce que vous pensez vraiment que sacrifier une humaine à Morag fera revenir la lumière ?

– Comment osez-vous me parler ainsi ? hurla Ghar. Croyez-vous savoir mieux que moi ce que veut notre dieu ? Partez, maintenant !

Kala, furieuse, s'exécuta. Ghar se pencha, et saisit sans ménagement le visage de Zélina :

– Tu es plutôt gracieuse pour une humaine...

Puis il se dressa vers la statue :

– J'espère que vous serez satisfait, ô puissant Morag, et qu'en échange de cette vie, votre Œil sublime brillera à nouveau pour nous !

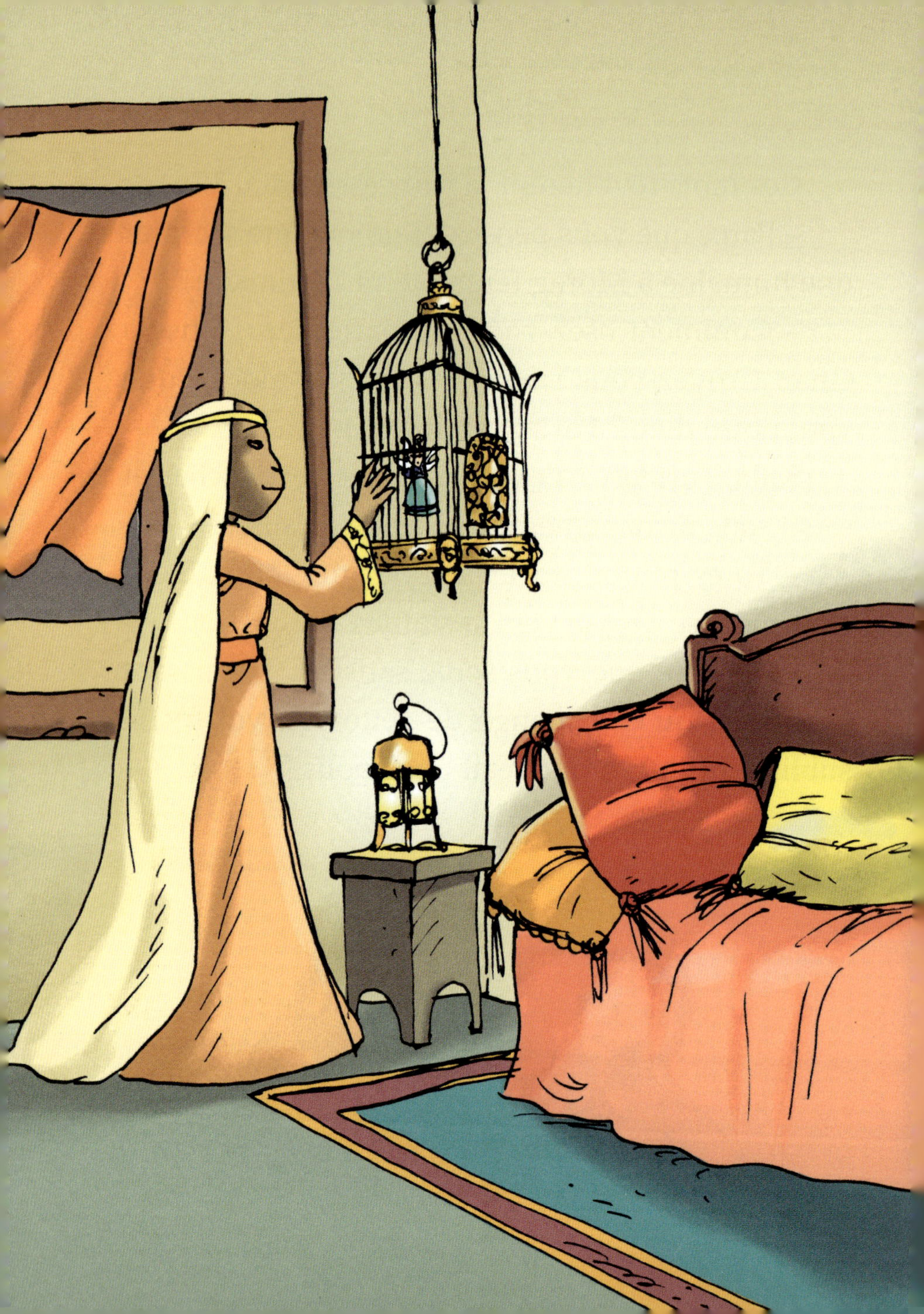

6
Comme un oiseau en cage

Enfermée derrière ses barreaux dorés, Rosette pestait contre le mauvais sort. Bien sûr, ses blessures n'étaient que superficielles, et elle avait vite récupéré. Mais elle avait perdu sa baguette magique durant sa capture et, sans elle, elle ne pouvait pas venir en aide à sa filleule chérie !

La fille de Zor s'occupait bien d'elle, mais n'avait visiblement aucune idée de sa véritable nature. Rosette, prudente, s'était gardée de prononcer un seul mot devant elle, de peur de se trahir.

La cité oubliée

– Jolie demoiselle, je n'ai jamais vu d'oiseau comme toi ! s'extasia la princesse. Je me demande à quelle espèce tu appartiens…

Cette remarque acheva de fâcher la petite fée. La marraine de Zélina était susceptible, et elle détestait qu'on la prenne pour un vulgaire volatile. Elle se mit à bouder, refusant tout ce que Kala lui offrait à manger et à boire, tentant même de la mordre lorsqu'elle se risqua à la caresser. Cette hostilité plongea la jeune guenon dans un grand désarroi.

– Si tu refuses de t'alimenter, tu ne guériras jamais…, regretta-t-elle, découragée.

Le cœur d'artichaut de la princesse ne pouvait supporter cette idée. Désespérée, Kala décida de braver l'interdit de Ghar et de rendre une dernière visite à la condamnée afin de lui demander conseil. Profitant de la nuit pour quitter sa chambre, elle se hissa sur la pointe des pieds jusqu'à la terrasse du dieu Morag, où elle trouva Zélina prostrée au bout de sa chaîne.

– Tiens, humaine, je t'ai apporté à manger, essaya-t-elle de l'amadouer en lui tendant de la nourriture.

Zélina, affamée, se précipita dessus et la dévora à pleines dents. C'était une sorte de pain de racine assez fade, au goût de terre prononcé, mais elle ne pouvait guère se permettre de faire la fine bouche. En s'essuyant les lèvres, elle murmura de nouveau à Kala :

La cité oubliée

– Où sont mes compagnons ?
– Sois sans crainte, ils sont sains et saufs.
– Mais où ? grogna Zélina un peu brutalement.
Kala se raidit :
– Ne me parle pas comme ça ! Tes semblables sont à leur place, dans les caves du roi ! Ils sont bien traités, rassure-toi…

Zélina n'en demanda pas plus. Elle espéra seulement que la princesse disait vrai et que Rosette, elle aussi, était en sécurité. Soudain, la voix de Kala se fit plus douce :
– J'ai… j'ai une question à te poser…

Comme un oiseau en cage

Kala baissa candidement les yeux. Zélina la trouva presque touchante.

– Voilà : un oiseau magnifique s'est introduit dans la grotte avec vous, et je crains qu'il ne meure…

Comprenant de qui il s'agissait, Zélina se mordit la lèvre pour s'empêcher de crier. Ses yeux se remplirent de larmes. Elle parvint toutefois à se reprendre sans rien laisser paraître de son trouble.

– Dites… dites-m'en plus…, bégaya-t-elle.

La jeune guenon lui parla de son amour pour les oiseaux, et lui raconta comment elle avait recueilli Rosette et l'avait soignée.

La cité oubliée

– Mais, maintenant, elle refuse de se nourrir. Et si elle ne mange rien, elle va mourir !

La princesse Kala éclata en sanglots. La filleule de Rosette, elle, avait plutôt envie de rire ! Sa marraine, se laisser mourir de faim ? C'était mal la connaître ! S'efforçant de garder son sérieux, Zélina posa une main réconfortante sur l'épaule de Kala et lui dit gentiment :

– Vous devriez surtout remettre votre belle amie en liberté ! Les oiselles ne sont pas faites pour vivre en cage, elles y meurent à petit feu…

– Tu… tu crois ? murmura Kala.

– J'en suis sûre. Allez vite délivrer votre protégée ! Vous verrez, elle ira tout de suite beaucoup mieux !

7
Libre !

De retour dans ses appartements, la princesse des singes ouvrit grand la cage de Rosette. La petite fée, ragaillardie, ne se fit pas prier pour quitter sa prison dorée. Elle effectua quelques arabesques dans les airs afin de se dégourdir les ailes, et chipa au passage une poignée d'amandes dans un panier. La naïve Kala la regarda avec des yeux émerveillés. Après avoir englouti les amandes, Rosette se précipita vers la fenêtre. Soudain effondrée, Kala tenta de s'interposer :

La cité oubliée

– Non, ne pars pas ! S'il te plaît, pas tout de suite…

La fée, attendrie, s'attarda quelques secondes, et elle l'embrassa sur la joue avant de disparaître dans la nuit.

Rosette était libre. Mais, sans baguette, comment aider ses compagnons ? Elle ne savait même pas où ils se trouvaient. Elle errait comme une âme en peine dans les rues de la sinistre cité, quand elle entendit un bourdonnement qu'elle connaissait bien au-dessus de sa tête.

– Zig-Zag ? C'est toi ? s'écria-t-elle, tout excitée.

La minuscule mouche se posa sur son nez. Oui, c'était elle : la messagère qui reliait Rosette à sa chère filleule !

– Zig-Zag, je n'ai jamais été aussi contente de te voir !

La mouche lui raconta en vrombissant comment Zélina avait détaché le petit rond de taffetas qui ornait sa poitrine après le départ de Kala, puis

Libre !

comment elle avait soufflé dessus pour lui donner vie. La princesse lui avait demandé de partir à la recherche de Rosette, se doutant bien que Kala lui rendrait sa liberté après leur conversation.

Guidée par Zig-Zag, la petite fée ne tarda pas à retrouver sa filleule.

– S'il te plaît, marraine, délivre-moi de ce cauchemar ! implora la princesse.

La pauvre Rosette eut une moue impuissante :

– Sans ma baguette, je suis incapable de rompre tes chaînes, ma chérie.

Zélina enfouit son visage dans ses mains :

– Alors, tout est perdu…

Les yeux pleins de colère, elle se leva et cria à la statue :

– Si, au moins, tu pouvais vraiment nous apporter la lumière, maudit Morag !

Ses doigts se posèrent sur le pendentif de sa mère, et elle le serra de toutes ses forces. Au même instant, une idée lui traversa l'esprit. La lumière… la pierre de Zaragut… Et si c'était elle, l'Œil de Morag ? Si ce fabuleux cristal était une sorte de lentille, qui captait la lumière du jour à l'extérieur et la faisait rayonner dans la grotte à la manière d'un soleil artificiel ? Zélina se souvint des sculptures sur le bas-relief. Oui, c'était certainement cela !

Des grognements se firent entendre sur le versant opposé de la pyramide. La jeune fille prit les mains de sa marraine dans les siennes :

Libre !

— Retrouve le disque de cristal du professeur, et ramène-le ici ! Vite !

La petite fée s'envola à l'instant où le Grand Prêtre Ghar émergeait des escaliers.

— Alors, misérable créature, es-tu prête à mourir pour sauver notre peuple ? Il le faut, car tu seras sacrifiée demain à l'aube ! lança-t-il à Zélina avec un horrible rictus.

– Me tuer ne fera pas revenir la lumière..., cracha Zélina.

Ghar se gratta le menton, l'air pensif :

– Je le sais bien. C'est juste que je hais les humains...

Il marqua une pause. Une lueur terrifiante traversa son regard.

– Et que... j'aime le pouvoir ! À défaut de ramener le soleil dans la grotte, ton sacrifice devrait effrayer ceux qui songeraient à me résister.

Le Grand Prêtre regretta aussitôt ses paroles ; il en avait trop dit.

– Trêve de confidences, bougonna-t-il en secouant la tête. En attendant que le jour se lève, je vais rester là, à te regarder vivre tes dernières heures !

8
Dans les caves du roi

Au-dessus de la cité endormie, Rosette battait fébrilement des ailes. Ramener le disque de cristal : sa filleule en avait de bonnes ! La fée se posa sur une pierre pour mettre de l'ordre dans ses idées. D'abord, elle devait retrouver Malik et le professeur : eux seuls savaient où se trouvait le sac à dos qui contenait la précieuse pierre. Comme Zélina lui avait dit que les deux hommes étaient les prisonniers du roi des singes, Rosette se dirigea vers le palais.

La cité oubliée

Un jour pâle commençait à poindre dans la grotte. La petite fée s'approcha de la fenêtre de Kala. La guenon dormait à poings fermés. La fée se faufila avec prudence dans sa chambre. Elle devait rester sur ses gardes... Quelques torches achevaient de se consumer dans les couloirs endormis. Une chose était sûre : le roi ne logeait certainement pas les compagnons de Rosette dans ses appartements d'honneur... Non, ils devaient plutôt être enfermés dans ses caves.

Rosette se glissa dans les profondeurs du bâtiment, se dissimulant à chaque ombre et à chaque bruit suspect.

Bientôt, au fond d'un corridor humide, la fée aperçut une porte devant laquelle campaient deux singes patibulaires. Elle avait vu juste ! Tapie contre le mur, Rosette réfléchit un instant. Comment éloigner ces molosses et entrer en contact avec ses amis ? Elle n'avait rien sous la main, hormis deux tabourets. Sans se poser de questions, elle les renversa et souffla sur la torche la plus proche. Les deux lourdauds n'avaient rien remarqué : il fallait maintenant attirer leur attention...

– À l'aide ! hurla Rosette à s'en arracher les poumons.

Les brutes se regardèrent, interloquées.

– Au secours ! cria à nouveau la petite voix au fond de la galerie.

– Va voir, Gonda ! gronda l'un.

L'autre grommela :

– Et pourquoi pas toi, Sinto ?

– Parce que... c'est comme ça ! jappa le dénommé Sinto, en pointant le doigt sur la poitrine de son collègue.

Gonda s'éloigna en grommelant. Il faisait vraiment sombre dans ce boyau.

– Viiiiite ! glapit encore Rosette.

Alors, Gonda se précipita vers le bruit. Il se prit les pieds dans les tabourets et trébucha lourdement. Devant la porte, Sinto entendit Gonda tomber. Il hésita un instant, avant de courir aider son camarade. Conformément au plan de la fée, il buta à son tour sur les tabourets, et s'affala de tout son poids sur son malheureux comparse.

La marraine de Zélina profita de cette diversion pour se faufiler entre les barreaux du guichet de la cellule. Comme elle l'avait espéré, Malik et Zaragut se trouvaient bien ici. Elle secoua Malik pour le réveiller.

– Rosette ? C'est merveilleux ! s'exclama-t-il.

La fée lui intima l'ordre de se taire :

Dans les caves du roi

– Chut ! Vos gardiens ne vont pas tarder à être de retour…

Malik tira Zaragut de son sommeil. En quelques mots, la petite fée leur raconta les derniers événements.

– Grâce à vos pouvoirs, vous allez nous sauver, n'est-ce pas ? se réjouirent les deux prisonniers à voix basse.

La magicienne, honteuse, leur avoua son impuissance.

La cité oubliée

– Si je suis ici, ajouta-t-elle, c'est parce que notre chère Zélina m'a confié une mission ! Savez-vous où se trouve le disque de cristal ?

Le professeur essaya de se souvenir :

– Avant d'être capturé, il me semble avoir posé mon sac au pied de l'une des statues du sentier. Avec de la chance, il y sera encore…

– Ce serait un miracle ! bafouilla Malik, désabusé.

– Cher élève, avons-nous d'autre choix que de croire aux miracles ? le houspilla son maître.

Dans les caves du roi

À cet instant, ils entendirent Sinto et Gonda revenir. Malik fit signe à Rosette de se cacher dans l'ombre. Sinto entra dans la cellule sans voir la fée et fit claquer son fouet :

– Allez, debout ! Sortez de là ! Au travail !

Les deux hommes furent extraits de leur geôle. Rosette resta seule, désemparée. Sans aide, elle n'arriverait à rien. Dehors, des tambours résonnaient. Elle comprit aussitôt ce que cela signifiait : l'horrible cérémonie allait bientôt commencer.

La cité oubliée

Il n'y avait pas une seconde à perdre ! Le palais était en train de se vider ; tous les habitants de la ville convergeaient vers le lieu du sacrifice. Rosette s'éleva dans les airs, et vit avec douleur ses amis harnachés comme des bêtes de somme au palanquin de Zor. Elle reconnut la princesse Kala qui marchait à côté du roi. Prenant son courage à deux mains, elle plongea vers elle.

– Il va me falloir être convaincante…, soupira-t-elle, sans illusions.

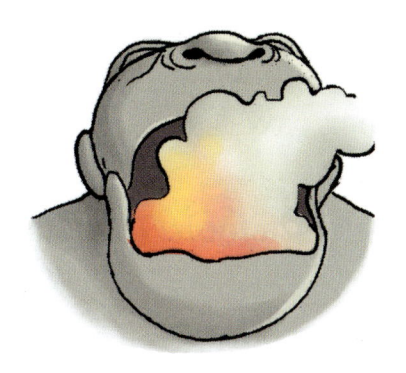

9
Le sacrifice

Au sommet de la pyramide, Ghar contemplait la fille du roi Igor avec un sourire satisfait :
– C'est l'heure, humaine... Es-tu prête ?

Tout en parlant, le Grand Prêtre actionna un levier à droite de la statue. La bouche du singe s'ouvrit, et une bouffée de chaleur intense balaya la terrasse. Anéantie, la princesse aperçut un rougeoiement effrayant au fond de la gueule immense. De la lave !

La cité oubliée

– Rassure-toi, tu n'auras pas le temps de souffrir, ajouta Ghar, avec une moue légèrement contrariée.

Il se tourna vers la foule. Les tambours redoublèrent d'ardeur.

Zélina rampa au bord de la terrasse. Son cœur se serra lorsqu'elle découvrit Malik et le professeur Zaragut entravés au palanquin de Zor. Le prêtre posa sa patte sur le poignet de sa victime.

Il fit un geste, et les tambours se turent.

– Peuple singe, le rituel va commencer !

Le maître de cérémonie prit une profonde inspiration avant de poursuivre :

Le sacrifice

– Si nous sommes réunis, c'est pour prouver notre amour à notre dieu Morag !

Zélina entendit alors monter une clameur sourde :

– Mo-rag ! Mo-rag ! Mo-rag !

Peu à peu, le grondement enfla, porté par les tambours :

– MO-RAG ! MO-RAG ! MO-RAG !

Ghar demanda à nouveau le silence et déclara :

– Et, pour prouver notre amour à Morag, nous allons lui faire un cadeau !

L'affreux singe souleva Zélina par le bras et l'exhiba devant ses fidèles :

– CETTE HUMAINE !

À ses pieds, la foule semblait ivre. Zélina était paniquée. Les cris s'amplifièrent :

– MO-RAG ! MO-RAG ! MO-RAG !

Enfin, Ghar reposa la princesse. La pauvre eut du mal à retrouver son souffle. Le sang battait dans ses tempes. En l'espace d'un instant, sa courte vie défila devant ses yeux.

– Si cette offrande ne suffit pas à Morag, nous lui en ferons d'autres ! Et, lorsque notre dieu sera enfin repu, le soleil reviendra sur nous !

Grisé par ses propres paroles, Ghar toisait la foule, ne prêtant plus attention à Zélina. C'était sa dernière chance… Dans un réflexe désespéré, la princesse s'empara de la chaîne et se jeta sur Ghar, qui n'eut pas le temps de comprendre ce qui se passait. En bas, les singes restèrent un moment sidérés, puis ils se précipitèrent à l'assaut de la pyramide. Zélina serra la chaîne un peu plus fort sur le cou du prêtre et hurla :

– N'approchez pas, ou je l'étrangle !

La marée des singes s'arrêta. Ils semblèrent hésiter.

– Ghar vous trompe ! Mon sacrifice ne servira à rien, et il en est parfaitement conscient !

D'une voix étouffée, le prêtre balbutia :

– Elle… elle ment…

Les singes ne savaient plus que faire ni qui croire.

Le sacrifice

— Elle n'osera pas… me tuer, ânonna Ghar. Les humains sont des lâches !

Zélina sentit ses forces faiblir. Voyant la jeune fille douter, les singes gravirent les dernières marches de la pyramide. Ils l'entourèrent en feulant. Mais alors, une voix résonna :

— ARRÊTEZ !

La foule se figea. Cette voix, c'était celle de la princesse Kala !

— Cette humaine dit la vérité !

La cité oubliée

Tout en parlant, la guenon avait brandi le disque de cristal au-dessus de sa tête. Le même cri de stupéfaction jaillit de centaines de bouches :
– L'ŒIL DE MORAG !
Rosette voletait autour de la fille de Zor. La chère marraine de Zélina… Elle avait réussi !

Le sacrifice

Kala expliqua aux siens :

— L'humaine et ses compagnons sont simplement venus nous rendre notre soleil. Et vous vous apprêtiez à la tuer ! Libérez-les, elle et ses amis…

Zélina relâcha son étreinte. Ghar tenta de se rebiffer, mais Zor posa une main ferme sur son épaule :

— Ainsi, c'est vrai, Ghar ? Tu nous as trompés ?

La fille d'Igor acquiesça :

— C'est le pouvoir qu'il voulait ! L'Œil de Morag n'était qu'un prétexte…

— Tais-toi, humaine, siffla Ghar entre ses dents.

— Non ! gronda Zor avec dureté. Maintenant, Ghar, c'est toi qui te tais : je ne veux plus jamais t'entendre, c'est compris ?

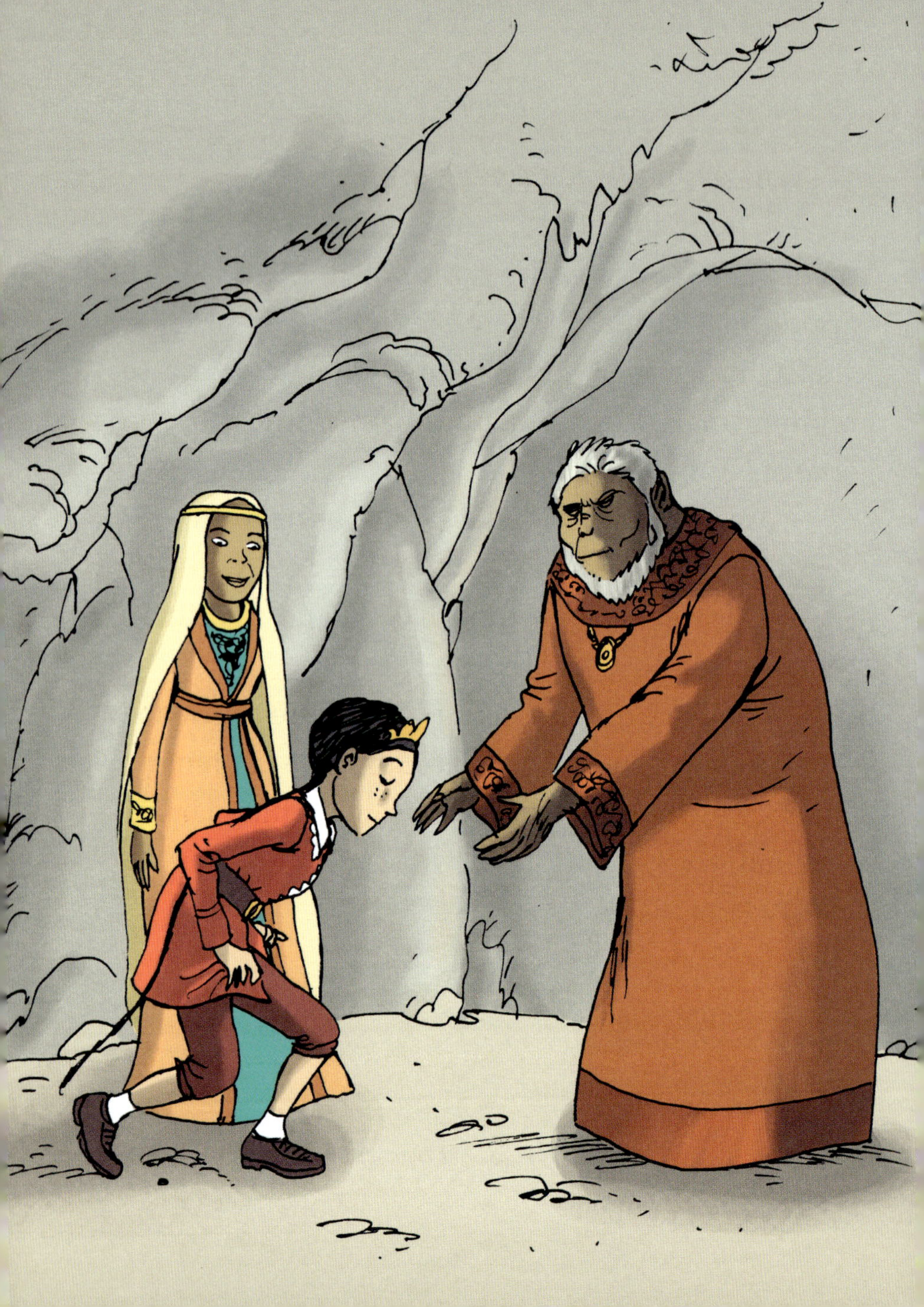

10
Sous le soleil de Morag

Tandis que la foule s'emparait de Ghar et le dépouillait de ses attributs de Grand Prêtre, le roi Zor repoussa le levier qui actionnait la mâchoire de Morag :

– Maintenant, cette maudite bouche restera à jamais fermée !

Puis il se tourna vers Zélina :

– Et vous, jeune humaine, je pense que vous avez beaucoup de choses à m'expliquer…

La princesse s'inclina respectueusement :

La cité oubliée

– Majesté, accordez-moi d'abord quelques minutes, s'il vous plaît !

Libérée de sa chaîne, la princesse dévala la pyramide pour aller étreindre Malik, Zaragut et Rosette :

– Mon bel amour ! Mes chers amis ! J'ai eu si peur de vous perdre !

Puis, quittant les bras de Malik, elle tendit les siens vers la princesse Kala :

– Et vous, mademoiselle, je ne sais comment vous remercier ! Je vous dois la vie.

Sous le soleil de Morag

Timidement, la jolie guenon saisit les mains de Zélina, et confia dans un souffle :

– Mais tu l'as déjà fait, noble humaine : tu as sauvé mon peuple !

Avec l'aide de Malik et du professeur, les singes remirent en place l'Œil de Morag. Grâce à la complexe lentille, la lumière du soleil inonda à nouveau la grotte. Rosette, quant à elle, eut toutes les peines du monde à récupérer sa précieuse baguette. Celle-ci avait atterri, par on ne sait quelle facétie du destin, entre les mains d'un bébé singe peu décidé à abandonner son drôle de hochet. Mais une fée sait être persuasive, et, en échange de quelques cadeaux apparus comme par magie, la marraine de Zélina finit par récupérer son bien.

Quelques jours plus tard vint le moment de rentrer à Obéron… Mené par la princesse Kala et son père, le peuple des singes raccompagna les courageux explorateurs aux portes de son monde perdu. Sur le pas de la grotte, les adieux furent déchirants. Zélina et ses compagnons promirent au roi Zor de garder à jamais secrète l'existence de la fabuleuse cité et de ses habitants. La sensible Kala, les yeux pleins de larmes, eut du mal à contenir son émotion :

– Mon amie, nous reverrons-nous un jour ?
– Je ne le sais pas, chère Kala…

La princesse de Noordévie retira alors le porte-bonheur qui ornait sa poitrine et le passa autour du cou de la fille du roi Zor :

– Je vous laisse un peu de moi-même, pour que vous ne m'oubliiez pas...

Puis elle ajouta, en étreignant la jeune guenon :
– Moi, je ne vous oublierai jamais... Grâce à ce talisman, vous et les vôtres, vous serez toujours sous ma protection et sous celle de mon père.

Malik, troublé lui aussi, rappela à son amoureuse qu'il fallait partir. Le petit pré où ils avaient laissé les mules était encore loin, et ils avaient de longues journées de marche devant eux. Tous les quatre s'engagèrent sur le chemin escarpé qui

La cité oubliée

redescendait vers la rivière. Avant que Kala et les siens ne disparaissent à tout jamais, engloutis par l'épaisse forêt, Zélina se retourna vers eux une dernière fois, et murmura, en agitant la main :

– Bonne chance à toi, peuple singe ! Puisse le dieu Morag te garder longtemps à l'abri de la folie des hommes !

Puis, d'un air décidé, elle regarda l'horizon devant elle :

– Et maintenant, Mandragone…
À nous deux !

Dans la même collection

N° 1
L'héritière
imprudente

N° 2
Le rosier
magique

N° 3
La fille
du sultan

N° 4
Prisonniers
du dragon

N° 5
Les yeux
maléfiques

N° 6
L'île
aux espions

N° 7
Le poignard
ensorcelé

N° 8
Un mariage
explosif !

N° 9
Panique
à Obéron !

N° 10
La comédie
de l'amour

N° 11
L'évadé
d'Ysambre

N° 12
L'étoile
des neiges

N° 13
Le Viking
attaque

N° 14
Le secret
de Malik

N° 15
Le grand prix
de Noordévie

N° 16
Les enfants
perdus

N° 17
Le lotus
pourpre

N° 18
Les naufragés
du vent

N° 19
La comète
de Malik

N° 20
L'ombre
du chat

N° 21
Les fantômes
de Zélina

N° 22
Le colosse
de fer

N° 23
Le tableau
diabolique

N° 24
La captive
aux cheveux
d'or

N° 25
Les pirates
de Mor'loch

N° 26
La cité oubliée

Auteur : Bruno Muscat. Illustrateurs : Édith et Philippe Sternis
Couleurs : Franck Gureghian. Illustrations 3D : Mathieu Roussel.
D'après les personnages originaux d'Édith Grattery et Bruno Muscat

© Bayard Éditions, 2013
18, rue Barbès, 92128 Montrouge
Princesse Zélina est une marque déposée par Bayard.
ISBN : 978-2-7470-3740-2
Dépôt légal : juillet 2013
Maquette : Fabienne Vérin
Loi 49 956 du 16 juillet 1949 sur les publications destinées à la jeunesse
Reproduction, même partielle, interdite
Imprimé par Pollina, Luçon (France) - L65044